CW00494369

Julian Sanchez

Sr. Don Lino Guerrero, Madrid

Julian Sanchez

Sr. Don Lino Guerrero, Madrid

Reimpresión del original, primera publicación en 1878.

1ª edición 2024 | ISBN: 978-3-36805-247-8

Verlag (Editorial): Outlook Verlag GmbH, Zeilweg 44, 60439 Frankfurt, Deutschland
Vertretungsberechtigt (Representante autorizado): E. Roepke, Zeilweg 44, 60439 Frankfurt, Deutschland
Druck (Imprenta): Books on Demand GmbH, In de Tarpen 42, 22848 Norderstedt, Deutschland

ADMINISTRACION

LÍRICO-DRAMÁTICA

SR. DON LINO GUERRERO.

MADRID.

JUGUETE CÓMICO

EN DOS ACTOS Y EN PROSA,

ARREGLADO Á LA ESCENA ESPAÑOLA'

POR

D. JULIAN SANCHEZ.

———

MADRID.

SEVILLA, 14, PRINCIPAL

1878.

SR. DON LINO GUERRERO.

MADRID.

JUGUETE CÓMICO

EN DOS ACTOS Y EN PROSA,

ARREGLADO Á LA ESCENA ESPAÑOLA

POR

DON JULIAN SANCHEZ.

Estrenado con gran éxito en el Teatro de la COMEDIA el 26 de Octubre
de 1578.

MADRID.

IMPRENTA DE JOSÉ RODRIGUEZ.—CALVARIO, 16.

1878.

PERSONAJES.	ACTORES
CARMEN.....................	Srta. D.ª Emilia Ballesteros
DOÑA DOROTEA.........	Sra. D.ª Balbina Valverde.
ADELA.....................	Srta. D.ª Amparo Galindez.
JUAN........................	Sr. D. Emilio Mario.
DON TORCUATO.........	Mariano Ballesteros.
DON LINO...............	Rafael Jover.
CÁRLOS................	Fernando Viñas.

ACTO PRIMERO.

Gabinete despacho. Mesa á la Izquierda. Otra de escritorio á la derecha
Puertas laterales y al foro.

ESCENA PRIMERA.

JUAN, CÁRLOS, ambos sentados cerca de cada mesa; escriben en grandes
libros de caja.

CARLOS.   Suma anterior, nueve mil quinientos treinta. Descuen-
          to de letras fin de mes, mil doscientos setenta. Efectos
          á cobrar, (Calculando.) cinco, diez y ocho, veinticuatro.
JUAN.   (Leyendo unos papeles.) «Á ocho dias vista se servirá us-
          ted pagar por esta primera de cambio»... Se servirá
          usted pagar... Vaya una forma extraña! Se fastidiará
          usted pagando... es lo que debía decir.
CARLOS.   Cuarenta, setenta y siete, ochenta y tres...
JUAN.   Creo que voy á variar la forma de las letras. No te pa-
          rece conveniente?
CARLOS.   Te quieres callar? Tus tonterías me obligan á empezar
          de nuevo la suma.
JUAN.   Pero hombre, á quién se le ocurre poner se servirá
          usted pagar...

CARLOS. Yo no sé cómo puedes escribir charlando así sin ton
ni son y sin pensar en lo que haces.

JUAN. Cómo que no pienso? Pienso mucho más que tú, porque á la vez pienso en muchas cosas.

CARLOS. Así cometes tantos disparates.

JUAN. César dictaba cuatro cartas á la vez en cuatro lenguas
distintas.

CARLOS. Pero tú no eres César, y te equivocas á cada paso y lo
trastornas todo, y nuestro principal se queja de que no
tienes cabeza para nada.

JUAN. Los principales se quejan siempre de vicio.

CARLOS. Negarás, desdichado, tus contínuas distracciones y tu
aturdimiento constante? Hace dos dias estuviste expues-
to á un lance por tu destornillada cabeza.

JUAN. Ah! Te refieres á la jamona que hacía señas desde el
balcon? Hombre, yo creia que aquellas señas iban diri-
gidas á mí.

CARLOS. ¡Justo! Una señora á quien no conocías.

JUAN. Y qué? Para amarse no es preciso conocerse! Yo pasa-
ba, ella sonreía y tiraba besitos. ¿Qué hubiera hecho
cualquiera? Lo que yo hice. (Haciendo varias señas amoro-
sas.) Esto se le ocurre al más sano de juicio. Por des-
gracia el aludido que estaba oculto detrás de una esquina, sorprendió mi mudo lenguaje y me atizó un
garrotazo en plena espalda que me hizo ver las estrellas.

CARLOS. Bien hecho.

JUAN. No; bien dado! Con una fuerza terrible.

CARLOS. Eso te enseñará á ser más cauto.

JUAN. Mira, hermanito. La naturaleza humana es lo más va-
riado... de la naturaleza.—Nosotros, por ejemplo, hijos de los mismos padres, tenemos gustos y carácter
contrarios.—Tú metódico, arreglado, honesto, pensan-
do en casarte y acariciando esa idea en tus horas con
la misma cachaza que pensarías en darte un baño ó en
cambiar de camisa; yo vehemente, apasionado, amigo de la intriga y del amor. Tú amas con buen fin, porque está en tu naturaleza. Como el que mide una vara

de tela y no sisa ni una línea; yo no puedo amar con buen fin! Mi naturaleza exige que yo sise... y nada... tengo que sisar... no hay remedio!

CARLOS. Ah! Cuidado que no dejes de escribir á don Lino.

JUAN. Eso estoy haciendo precisamente. (Con la misma pluma que me ha servido para dirigir á su mujer el billete más incendiario!... Así como así ese marido brutal me carga á más no poder.)

CARLOS. Te suplico que te ocupes de los negocios y que no pienses en tus malditos amoríos. Ya te he dicho que don Torcuato se queja de tí.

JUAN. Don Torcuato! Bah! Don Torcuato es más enamorado que yo. Con su sesenta y pico pasa todavía por el viejo más verde del barrio. En fin, hasta piensa casarse, ya lo sabes.

CARLOS. Con doña Dorotea.

JUAN. Justo. Esa estanquera viuda, á quien don Torcuato protege, y de la cual se ha enamorado de veras. ¡Oh! Y ella se conserva muy bien! ¡Harán una excelente pareja!

CARLOS. Cállate! Don Torcuato.

ESCENA II.

DICHOS, D. TORCUATO.

TORC. Hola! vino ya ese aturdido?

JUAN. Mi hermano? Ya hace tiempo.

TORC. No señor! Usted! Hablo de usted!

JUAN. Por Dios, señor don Torcuato!

TORC. Estoy furioso por sus quid procuos de boticario!

JUAN. Cómo es eso?

TORC. Hace pocos dias le entregué á usted dos efectos á pagar: uno de Pinzon, que le encargué reembolsara con los fondos que hubiera en caja, y otro de Vergel, que debía usted dejar protestar!...

JUAN. Y qué?

TORC. Y qué!...

JUAN. Sí, y qué?

Torc. Que ayer precisamente comía yo en casa de Pinzon...
Una gran comida!... La dueña de la casa... (Á Cárlos.)
Qué magnífico pavo trufado!... me habia hecho sentar
á su derecha (Á Cárlos.) qué rico olor despedía!... Yo
estaba encantado!... En medio de los postres, una pro-
fusion de postres... á la tercer copa de Champagne le
entregaron al anfitrion un papel sellado que le hace dar
un brinco: le arruga entre las manos y me le arroja á
la cara con rabia!... Yo le recojo, le abro, y qué es lo
que veo, gran Dios?

Juan. Qué?... qué vió usted?

Torc. Un protesto!

Carlos. Un protesto?

Torc. Había usted dejado protestar el pagaré de Pinzon, del
honrado Pinzon, que me daba una comida tan suculen--
ta... y...

Juan. Y había pagado el de Vergel!... Já!... já!... já!... (Rie
á carcajadas.)

Torc. Felizmente, la comida... estaba comida.

Juan. (Riendo.) Já!... já!... já!

Torc. Pero tuve que marcharme sin tomar el café... Corrí á
casa del escribano para que rompiera el protesto y á la
de Vergel, que por cierto me cubrió de bendiciones!

Juan. Y todavía se queja usted?

Torc. Vaya usted al diablo! Vergel pagará el mes que viene.

Carlos. De modo que la falta está reparada?

Torc. Si, pero... (Á Juan.) cuidado con otra!... estamos?..
porque entónces!... (Cambiando de tono.) Qué tal me
encuentran ustedes hoy?

Juan. Tan gordo como siempre.

Torc. Bah!... no digo eso!... me refiero á mi traje. Creen ustedes que le gustaré así á Dorotea.

Juan. Ah! libertino!...

Torc. Eh?

Juan. Ah! picaron!

Torc. Pechs! se hace lo que se puede!

Juan. De fijo... le da usted flechazo.

CARLOS. Pero don Torcuato, si doña' Dorotea se casa con usted perderá el estanco.

TORC. Y qué?.. Un miserable estanquillo qué;le ha dado el Gobierno para recompensar los servicios del difunto Bernal... Bah! yo la desestancaré.

JUAN. Bien dicho!

TORC. Pero hablando de otra cosa... no ha venido aún mi sobrina Cármen?

JUAN. (Suspirando involuntariamente.) Ay!... no señor.

TORC. ¿Por qué suspira usted?

JUAN. Yo? Yo he suspirado? Aprension de usted.

TORC. Ha escrito usted á su esposó don Lino?

JUAN. Sí señor: le he escrito esta mañana. (Presentándosela.) Mire usted... (Retirándola rápidamente.) No, esta no... es esta.

TORC. (Tomando la carta y recorriéndola.) Comprar títulos del tres por ciento por valor de diez mil reales, á veintinueve setenta... Eso es.

JUAN. (Ya iba á darle la carta que he escrito á su mujer!)

TORC. Este diablillo escribe' admirablemente... Si él quisiera haría una gran carrera?...

JUAN. (Mirando la carta.) Creo, en efecto, que no está mal escrita.... Como carta de negocios.

TORC. Y esa otra que tiene usted en la mano?

JUAN. Oh! permítame usted... esta no es de negocios... ó más bien, sí... es de un negocio... del corazon.

TORC. Hola!... hola... Á mí me gustan mucho esas picardigüelas.. Á ver!

JUAN. Imposible... podría comprometer á una dama!... (Cárlos, que habia vuelto á su sitio, se acerca á Juan y á Torcuato.)

TORC. Bah!... entré hombres... Lea usted: jé! jé! Ya se me hace la boca agua.

JUAN. (Canario y que boca tan tierna tiene.) Corriente... Así como así, usted no conoce á la persona. (Leyendo.) «Querida Car...» Omito el nombre.

TORC. Es justo.

JUAN. «El fuego que me devora inflama este ardiente papel

»lo mismo que si fuera una hoguera.»

TORC.   Cáspita! Esa carta quema!

JUAN.   «Oh! mujer, oh! ángel, oh! delicia de mi vida... por »qué ha de haber en el mundo un ser que se cree con »derechos sobre tí, so pretexto de que es tu marido?»

TORC.   Un marido!... Hay de por medio un marido! (Dándole otro golpecito en el hombro.) Ah! tunante!

JUAN.   «Pero tú me amas y me lo has dicho.» Ella no me ha dicho una palabra; pero es el medio de comprometerla.

TORC.   Comprendo! Lo mismo diría yo.

JUAN.   (Leyendo.) «Olvida, pues, á ese bucéfalo...»

TORC.   Ese bucéfalo?

JUAN.   El marido!... Un poco fuerte me parece la frase! Y á usted?

TORC.   Tambien! Yo le llamaría simplemente avestruz. Es más delicado.

JUAN.   Pero ménos expresivo. Esto otro lo dice todo!

TORC.   Pues á gusto de usted.

JUAN.   (Leyendo.) «Olvida, pues, á ese bucéfalo...»

CARLOS.   (Viendo entrar á José.) Silencio! José!

JOSE.   (Entrando y dirigiéndose á Torcuato.) Señor, su sobrina de usted, la señora de don Lino, está en el salon con la señorita Adela, su pupila.

JUAN.   Cármen!

CARLOS.   Adela! (Ambos hacen ademan de marcharse.)

TORC.   (Deteniéndolos.) Poco á poco! Á dónde diablos van ustedes? (Á Cárlos.) Pronto! dé usted el correo á José. (Á José.) Y tú, dí á mi sobrina y á su pupila que pasen aquí.

JUAN.   Es verdad, tengo todavía que poner dos sobres. (Escribiendo.) (Cármen! Cármen! He estado á punto de descubrir mi secreto!)

TORC.   Vamos! De prisita! Ah! ya saben ustedes que hay que llevar hoy diez mil reales al Banco.

JUAN.   Diez mil reales, en efecto; pondré ese dinero en mi cartera. (Lo hace.)

CARLOS.   (Á Juan.) Dame las cartas, despacha!

JUAN. Toma, hombre, toma! (Ahora voy á deslizarle mi billete en las barbas de todo el mundo!) (José á quien Cárlos
entrega las cartas, sale por el foro haciendo señas á las dos da-
mas de que entren.)

ESCENA III.

LOS MISMOS, CÁRMEN y ADELA, cada cual con un bouquet en la mano.

TORC.   (Dirigiéndose á ellas.) Buenos dias, sobrina! Adios, querida Adela!

CARMEN.   Buenos dias, tio. (Viendo á Cárlos y Juan que saludan.) Ah!
perdonen ustedes, no les había visto.

ADELA.   Lo que es yo, he visto á Cárlos desde la puerta.

CARMEN.   Mi querido tio, hoy es el cumpleaños de usted.

TORC.   Mi cumpleaños! Sí, en efecto.

JUAN.   Y no nos había usted dicho nada!

CARLOS.   Permítame usted que le felicite!

JUAN.   Permítame usted que... (Cada vez me gusta más.)

TORC.   Gracias, señores, gracias.

CARMEN.   Se dignará usted aceptar en albricias estos ramilletes?
(Ella y Adela le dan los que traen en la mano.)

TORC.   Con mucho gusto. (Tomándolos.) Oh! qué lindos son! Yo
detesto las flores! pero no importa, son muy lindos y
vosotras muy amables. (Los deja sobre una silla.)

CARMEN.   Los hemos traido para que obsequie usted con ellos á
Doña Dorotea, su futura.

TORC.   La viuda de Bernal, eh?

CARMEN.   Sí, la estanquera á quien hace usted la córte.

JUAN.   Yo he tenido la misma idea. (Yendo á coger otro ramillete
que habrá en la chimenea.) (Esta es la ocasion.) He traido
con igual objeto este ramillete de violetas.

CARLOS.   Poco á poco, quien le trajo fui yo.

JUAN.   Los dos! Los dos lo hemos traido, pero una vez que ya
hay otros para Doña Dorotea... (Meto en este mi billete!)

CARLOS.   (Bajo á Adela.) (Era para usted!

ADELA.   (Lo mismo.) Qué importa? ya me dará usted otro.) (Se

JUAN. <small>sienta á la derecha y Cárlos junto á ella.)</small> (El medio es vulgar, pero seguro.) Carmencita! <small>(Metiendo la carta en el ramillete.)</small> Dígnese usted aceptar este ramillete como una débil muestra del acendrado afecto que usted me inspira. <small>(Ofreciéndoselo á Cármen.)</small>

CARMEN Mil gracias por su galantería.

JUAN. Huela usted! Huela usted sin miedo! (Á ver si le da en la nariz.)

CARMEN. Preciosas flores!

JUAN. Huela usted! Huela usted con fuerza!

ESCENA IV.

LOS MISMOS y D. LINO.

LINO. <small>(Desde la puerta del foro.)</small> Saludo á todo el mundo.

JUAN. (El marido!)

CARMEN. Hola, Lino!

LINO. Calle! Estais aquí?

TORC. <small>(Dirigiéndose á él.)</small> Felices, sobrino.

LINO. Felices, tio. Yo tambien le traigo á usted un regalo para festejar su cumpleaños.

TORC. Hombre, para qué te has metido en eso? Un apreton de manos!

TORC. Ah! Es ese el regalo?

LINO. Choque usted.

TORC. Pero no aprietes, porque tienes una fuerza terrible.

LINO. No tenga usted miedo! <small>(Se dan las manos.)</small>

TORC. Basta, basta, que me rompes los huesos.

LINO. Bah! Pequeñeces! Ya levanto ocho!

TORC. Cómo ocho?

LINO. Ocho arrobas á pulso!

JUAN. (Qué bárbaro!)

LINO. Y de un puñetazo parto una mesa.

CARMEN. Créalo usted, tio! Su constante manía son los ejercicios gimnásticos. Todos los muebles los ha hecho astillas.

LINO. Y qué? En cambio disfruto de una salud á prueba de

	bomba! Así se tiene savia! ¡Mire usted qué músculos! (Á Juan extendiendo un brazo.)
JUAN.	En efecto!...
LINO.	Toque usted.
JUAN.	Ya veo!
LINO.	Esto es piedra! Donde cae mi brazo todo se vuelve ha-rina.
JUAN.	(Caracoles!)
TORC.	Llegas á tiempo! Acababa de escribirte para una peque-ña compra de treses.—Juan, dele usted la carta.
JUAN.	Al momento. (Busca.) Pero sí! Ya se la han llevado.
TORC.	Se la han llevado?
JUAN.	Me parece... No!... Sí!
TORC.	En qué quedamos?
JUAN.	Eso es! La envié por el correo.
TORC.	Hombre, á quién se le ocurre...
CARLOS.	Otra distraccion.
TORC.	Es claro! Sólo piensa usted en ese amor novelesco!
JUAN.	Yo?
LINO.	Hola, hola! Anda usted enamorado?
JUAN.	Quiá! No señor!
TORC.	Dí que sí! ¡Está loco! Perdidamente loco!
JUAN.	(Hablador!)
TORC.	Le gusta mucho la fruta ajena.
JUAN.	Don Torcuato!
LINO.	Ah! Conque usted se dedica á cazar en vedado?
JUAN.	Es una broma, no lo crea usted.
LINO.	Pues amigo, Dios le libre á usted de dar con un mari-do como yo.
JUAN.	Eh?
LINO.	Sí señor! Puesto en ese caso no tendría lástima del atre-vido, y... lo juro á fe de Lino, del primer puñetazo le deshacía la columna vertebral!
JUAN.	(Zape.)
LINO.	Mira, hija, este ramillete echa un olor que trasciende. (Le coge.)
JUAN.	(Uf! Si llega á dar con mi billete!)

Lino. Conque mucho cuidado, jóven calavera! El honor es cosa delicada, y si á mí... Vive Dios!, ¡Sólo de pensarlo me bulle la sangre á borbotones! (Deshojando con rabia el ramo.)

Juan. ¡Hombre, hombre, que deshace usted el ramo.

Lino. (Dándolo á Cármen.) Es que no puedo contenerme!

Juan. (Respiro.)

Carmen. Porque eres muy celoso. Es tu defecto.

Torc. Como yo! ¡Eso está en la sangre!

Adela. Acaso no tienen ustedes confianza en la mujer que aman?

Carlos. Adela dice bien! Los celos ofenden la honra de la mujer, por mi parte estoy seguro de no sentirlos nunca.

Torc. Hé aquí una galanteria que debe llenarte de orgullo. (Á Adela.)

Lino. Apropósito: tengo que hablar con usted y con Cárlos... Se trata de arreglar la boda de estos chicos, y ántes de marchar á Carabanchel quiero arreglar el asunto.

Torc. Cómo? Os vais á Carabanchel?

Lino. Sí! Esta tarde! Vamos á pasar una larga temporada en el campo... Sólo aguardaba para efectuar el viaje nua promesa del ministro; pero no la cumple segun veo, y no aguardo más.

Torc. Qué promesa?

Lino. Me prometió una cruz para premiar mis servicios por la patria.

Torc. Á tí? Pues qué servicios has prestado?

Lino. Ninguno! Pues por eso deben dármela.

Carmen. Es otro capricho de mi marido.

Lino. Que creo no voy á ver satisfecho! En fin. Paciencia! Si estas señoras nos dan su permiso...

Adela. Por mi parte, con mucho gusto.

Torc. Vienes tú, Cármen?

Juan. (Bajo á Cármen.) (Ojo al ramillete!)

Carmen. Eh!...

Lino. No, no... las mujeres no entienden más que de trajes.

Carmen. (Riendo.) Es verdad... me quedo.

LINO.   (Á Juan.) Y usted no viene, señor enamorado?

JUAN.   Tengo que hacer una escursion.` (No será larga!)

ADELA. Mientras ustedes tratan ese asunto, voy á colocar esas flores en la jardinera del salon. Usted permite, don Torcuato?

TORC.   Sí, sí, anda... Picaruela, ahora te toca á tí casarte: pronto me.tocará á mí tambien. (Adela va á buscar los ramilletes.)

LINO.   (Á Torcuato.) Es verdad..., con la estanquera, eh!...

TORC.   Sí, voy á estancarme... Pero éntremos, señores. (Lino Cárlos y Torcuato se van por la derecha, Adela por la izquierda, Juan por el foro.)

ESCENA V.

CÁRMEN, sola.

Oh! qué marido el mio... tan brusco y tan desabrido...` como todos!... No ven que á su alrededor hay otros hombres amables... solícitos... y que la comparacion no puede ménos de serles perjudicial... Pero ese jóven... qué me quería decir con su ramillete y su aire misterioso?. . (Viendo la carta que puso Juan dentro del ramo.) Ah!... una carta!... qué imprudencia!... Si mi marido... Oh! no quiero leerla, no... Ya le diré yo al atrevido... Pero cómo responderle si no sé lo que me escribe?... Ademas, esas cabezas exaltadas son más peligrosas, cuando no se hace nada para calmarlas.... (Abre el billete y Juan entra de puntillas.) Veamos lo que dice!

ESCENA VI.

CÁRMEN y JUAN.

JUAN.   (Oh dicha!)

CARMEN. (Pues no estoy temblando!)

JUAN.   (Qué conmovida está!)

CARMEN. (Recorriendo la carta.) Eh?... qué quiere decir esto?

JUAN. No lo dude usted, señora! No lo dude usted...

CARMEN. Pero en fin!....

JUAN. Esos renglones son la sincera expresion de mis senti-
mientos.

CARMEN. (Echándose á reir.) Já!... já!... já! ¸ ¦

JUAN. (Se ríe? Adelante.) Sí, bellísima Cármen! Sí! Cármen
idolatrada.

CARMEN. (Leyendo en voz alta.) «Comprar títulos del tres por cien-
»to, por valor de cien mil reales á veintinueve, seten-
»ta.. » Já!... já!... já!...

JUAN. Qué?... (Cogiendo la carta, la recorre con la vista, y despues
de una pausa, se echa á reir tambien.) Já!... já!... já! (Los
dos rien á un tiempo.) Perdone usted, señora... es una
equivocacion.

CARMEN. (Riendo) Sí, lo creo... já!... já!... já!

JUAN. (Lo mismo.) Já!... já!... já!... Confieso que...

CARMEN. Es cosa nueva enviar á una dama en un ramillete de
violetas .. já!... já!... já!

JUAN. En efecto... já!... já!... já!... no deja de ser original:..
Y es que... já! já! já!... tenía que escribir al mismo
tiempo á... (Deteniéndose de pronto y poniéndose sério.) Dios
mio! (Se levanta y da un grito.) Dios mio!

CARMEN. (Riendo todavía.) Qué le ha dado á usted ahora?

JUAN. (Dando un grito mas fuerte.) Dios mio! (Se pone á pasear como un loco.)

CARMEN. Y le acusan á usted de aturdido!.'. Oh! es una calumnia... una calumnia, caballero!

JUAN. (He cambiado las cartas, remitiendo al marido mi de-
claracion!)

CARMEN. No puedo contener la risa!... Qué cabeza, señor, qué
cabeza!

JUAN. (Me va á deshacer la columna!)

ESCENA VII.

LOS MISMOS y ADELA.

ADELA. Qué gritos!... qué carcajadas!...

JUAN. No es nada, señorita... no es nada.

ADELA. Está usted inmutado!

JUAN. Yo!... no..., no por cierto. (No hay. más!... si llega á poder de ese bárbaro estamos perdidos!

ESCENA VIII.

LOS MISMOS, LINO, TORCUATO y CÁRLOS.

LINO. Conque no hay más que hablar. (Á Cárlos.) Vengan ustedes y sabremos por qué reían por aquí tanto?

CARMEN. Por nada! Era Juan, que distraido sin duda, me entregaba esta carta para que comprase títulos del tres por ciento.

TORG. Á ver! (Tomando la carta.) Calla!... si es la que le mandé te escribiera! Y decía usted que la había enviado al correo!...

JUAN. Es verdad! Es decir, no era verdad!... porque registrando ahora mi escritorio... (Recorriendo la carta que le habrá dado Torcuato.) Bien ... dentro de una hora estará hecha la operacion... Oye ahora, Adela, mi querida pupila... acabo de hablar con Cárlos... es un excelente jóven... de un gran porvenir... de buena familia... (Le da un golpe en el hombro á Juan, que estaba como abismado y se vuelve con espanto.)

JUAN. Eh!... qué... qué es eso?

LINO. Qué tiene usted, hombre?... se ha puesto usted malo?

JUAN. Quiá! son los nervios! En cuanto me tocan á un hombro me estremezco.

TORC. Vamos!... está en Babia!

JUAN. Cómo en Babia!

CARMEN. (En efecto, qué turbacion!)

LINO. Iba á decir á usted que su hermano ama á mi pupila.

CARLOS. Oh! con todo mi corazon.

LINO. Que mi pupila no le odia .. está usted?

ADELA. Al contrario.

LINO. Y como espero que por parte de su familia... (Le tiende la mano.)

JUAN.   (Turbado.) Seguramente.

LINO.   Seguramente qué?

JUAN.   Nada! Que... (Que tiemblo como un azogado.)

LINO.   Entónces me marcho... con estas señoras... Estoy muy de prisa... Ya saben ustedes que dentro de cuatro dias se verificará la boda. Adios, tio.

TORC.   Hasta la vista... Adios, sobrinita.

LINO.   (Á Juan.) ¡Mucho ojo!

JUAN.   Qué?

LINO.   Mire usted que si tropieza con uno como yo, no doy por su pellejo ni dos cuartos.

JUAN.   (Qué esperanza tan halagüeña.)

LINO.   Vaya, Adios! Hasta mañana. (Vánse.)

ESCENA IX.

CÁRLOS, JUAN y TORCUATO.

TORC.   (Cogiendo el sombrero.) Pues señor, me voy á ver á Doro- tea!

JUAN.   (Que se ha quedado en el proscenio vacilando como sin poder tenerse.) Maldita carta!.. cómo?recobrarla!.. Qué situa- cion!... no sé dónde estoy!

TORC.   Eh!... qué es eso? (Sosteniéndole.) Qué le ha dado ahora?

CARLOS. (Lo mismo.) Qué te pasa, hermano mio?

JUAN.   (Dando un grito.) Ah! (Se desase de ellos, y corre á tirar del cordon de la campanilla que habrá á la izquierda de la chime- nea.) José!... todavía será tiempo!... José!

TORC.   Pero qué sucede?

JUAN.   Sucede... que mi carta...

TORC. y CARLOS. Qué?

JUAN.   Está perdida... perdida, sin remedio.

TORC.   La carta!

JUAN.   No... Ella!

TORC.   Quién?

CARLOS. Perdida?

JUAN.   Sí!

TORC.   Pero quién?

JUAN.   Ella!... la mujer que amo!
TORC.   Ah!
CARLOS. Quién dice?
TORC.   No sé.
JUAN.   Oh! no... no llegará á sus manos!... ántes la muerte!
CARLOS. Pero hermano mio...
JUAN.   Malditos negocios!... Ya se ve!... estoy tan distraido con ellos, que he puesto la una en... y luégo la otra en...
CARLOS. No te comprendo.
JUAN.   Ni hace falta... (Volviendo á la chimenea y sacudiendo la campanilla.) Pero ese maldito criado!
CARLOS. Quién?
JUAN.   José!... á quien estoy llamando hace una hora!
CARLOS. Hombre, si esa campanilla está rota!
TORC.   Si es la del otro lado!... (Juan furioso se lanza sobre la campanilla de la derecha; tira del cordon violentamente y le arranca. Se oye dentro el sonido hasta que Juan se queda con el cordon en la mano.) Pero esto es un rapto de locura! (Juan le tira el cordon á las piernas.) Canario?

ESCENA X.

LOS MISMOS y JOSÉ.

JOSE.   Llamaban ustedes?
JUAN.   (Corriendo hácia él.) Sí, animal!... las cartas que te he dado!
JOSE.   Las cartas?
JUAN.   Las cartas!... las cartas!... donde están?
JOSE.   En el buzon!
JUAN.   Verdugo!... en el buzon?... Qué buzon!
JOSE.   En el buzon, señorito.
TORC.   Es claro... pero...
CARLOS. Te pregunta dónde...
JUAN.   Sí, dónde, dónde?
JOSE.   Ah! ya estoy; en el estanco de la esquina.
TORC.   El de Dorotea!

JUAN.   Es verdad... el de su futura de usted!... Voy corrien-
do! (Oh! yo tendré esa carta!) (Gritando.) Mi sombrero.
(Yendo de un lado á otro.) Sí, aun cuando fuera preciso...
(Gritando.) Mi sombrero! (José se pone á buscarle.)

TORC.   (Cogiéndole de un brazo.) Pero, en fin, qué es ello.

CARLOS. (Cogiéndole del otro.) De qué se trata?

JUAN.   (Fuera de sí.) Se trata... se trata... ¡de mi vida... de mi
felicidad, de la tuya, de la suya!... (Gritando.) Mi sombrero!

TORC.   Vaya un logogrifo!

CARLOS. Pero explícame...

JUAN.   Qué he de explicarte?... qué esa carta escrita por mí
á una mujer...

CARLOS. Y bien?...

JUAN.   Se la he enviado al marido.

TORC.   Al bucéfalo!

CARLOS. Cómo?

JUAN.   (Dirigiéndose al foro.) (Mi sombrero, bergante!)

JOSE.   (Al paño.) No le encuentro, señorito.

JUAN.   No... voy á tomar un coche... (Vuelve al proscenio.) Y
si no, no!... iré mas pronto á pie!... Adios! Recen ustedes por mí! .. Mi somb!... (Ve el que Torcuato tiene en
la mano.) Ah!. . (Le coge y váse corriendo.)

TORC.   (Persiguiéndole.) Eh!... que es el mio! mi número uno!

CARLOS. Juan!... Juan!

JOSE.   (Entrando con el sombrero.) Aquí está, señorito!

ORC   ¡Qué cabeza!

FIN DEL ACTO PRIMERO.

ACTO SEGUNDO.

El teatro representa la trastienda de un estanco y está dividido en dos partes, ambas descubiertas para el público: una sala y un gabinete que se comunican por una puerta-vidriera, tapada por dentro del gabinete con visillos verdes. En la sala hay ademas dos puertas, una al foro, que da á la tienda y otra frente al gabinete que comunica con las habitaciones interiores. La sala tiene entre otros muebles una mesa de escribir. El gabinete un sofá ó confidente con sillas, etc.

ESCENA PRIMERA.

DOROTEA sentada en la sala haciendo labor. De vez en cuando ANTONIO.

DOR.   (Llamando.) Antonio!
ANT.   (Asomándose á la puerta del foro.) Mande usted, señora?
DOR.   Qué hora es?
ANT.   Voy á verlo. (Desaparece un momento y vuelve á aparecer en la puerta del foro.) El reló del estanco tiene las dos y cuarto.
       Bien está. (Antonio desaparece.) Torcuato se retrasa hoy demasiado. Como es su cumpleaños, habrá tenido muchas visitas... Ah! (Llamando.) Antonio!
       (Asomándose á la puerta del foro.) Señora!
       Escoja usted un macillo de cigarros de á medio real y téngale usted prevenido para cuando yo le pida

2

Ant.   Está bien. (Desaparece en la tienda.)

Dor.   Se le daré á Torcuato cuando venga para obsequiarle! Me ama tanto!... Y yo, qué he de hacer?... Aunque lloro todavía á mi difunto Bernal, Torcuato es lo que se llama un buen partido, y al fin y al cabo le daré mi mano. Una viuda como yo... sin hijos... y jóven... porque todavía no he cumplido los cuarenta... está tan expuesta á las asechanzas del mundo...

ESCENA II.

DOROTEA y CÁRMEN en la sala.

Carmen. (En la puerta del foro, como si hablase con alguno que hay en el estanco.) Allí está... no se incomode usted.

Dor.   (Sin volver la cabeza.) Quién es?

Carmen. (Adelantándose.) Soy yo, doña Dorotea.

Dor.   Carmencita! Por dónde ha entrado usted?

Carmen. Por el estanco. Por cierto que hay tanta gente...

Dor.   Como este es un sitio tan céntrico... está siempre concurrido.

Carmen. Y qué mareo! el uno pide cigarros, el otro sellos de franqueo... éste papel sellado, aquél fósforos ó papel de fumar.

Dor.   Por fortuna tengo un buen dependiente.

Carmen. Antonio?

Dor.   Sí, es un excelente muchacho. Pero á qué debo el gusto de ver á usted por mi casa?

Carmen. No he querido volverme al pueblo sin despedirme de usted.

Dor.   Es usted muy amable.

Carmen. Usted se lo merece todo... y luégo mi tio Torcuato no oculta á nadie el amor que siente por usted... de modo que pronto tendré el placer de llamar á usted tia.

Dor.   No digo que no... pasado ya el año de viudez que las conveniencias sociales exígen, y pagado á mi difunto este triste tributo...

CARMEN. Ah! qué buen matrimonio va usted á hacer! ¡Usted sí que será feliz!...

DOR. Cómo dice usted eso? Acaso su marido de usted...

CARMEN. Mi marido no es como mi tio.

DOR. Algo vivo de genio me parece.

CARMEN. Y tan celoso... tan pendenciero... Siempre está dispuesto á dar de estocadas á cualquiera que me mire con buenos ojos. Ah! sólo de pensar en eso tiemblo como la hoja en el árbol.

DOR. Tiembla usted por sí misma... ó por algun otro?

CARMEN. No he querido decir...

DOR. Es que una mujer jóven y bella como usted no puede evitar que haya un atrevido...

CARMEN. Ya, ya lo ha habido.

DOR. Bien lo maliciaba yo, pero usted...

CARMEN. Oh! crea usted que no he dado el menor motivo...

DOR. Lo creo, lo creo!

CARMEN. Pero dejemos eso. Si quiere usted algo para Carabanchel?

DOR. Se marcha usted hoy mismo?

CARMEN. Sí señora, con mi pupila Adela. De modo que esta noche me veré tranquila y sobre todo libre de él!

DOR. De su marido de usted?

CARMEN. No!

DOR. Del otro! (Haciéndola pasar delante y acompañándola.) Vamos, entre usted en mi gabinete y cuéntemelo usted todo.

CARMEN. Pero si...

DOR. (Empujándola suavemente.) Nada, nada; yo quiero saberlo. (Se oye ruido en el estanco; Cármen entra en el gabinete; Dorotea se detiene á tiempo que Juan entra en la sala, y al verle cierra la puerta del gabinete.)

ESCENA III.

JUAN. (Al paño.) Bien está... déjeme usted... quiero verla.. necesito verla!

DOR. (Alarmada.) Qué es eso? qué sucede? (Se dirige precipitadamente á la puerta del foro.)

JUAN. (Entrando desaforado y tropezando con ella.) Ah! perdone usted.

DOR. Jesús! por poco me aplasta usted.

CARMEN. (Mirando por las cortinillas de la puerta del gabinete.) (Es Juan!)

JUAN. No haga usted caso. No sé dónde tengo la cabeza, estoy loco!

DOR. Dios mio!

CARMEN. (Qué desórden!)

JUAN. Doña Dorotea, mi honor y mi vida se hallan en manos de usted. (Dorotea quiere hablar.) No me diga usted nada, no tenemos tiempo que perder.
Qué pasa?

JUAN. Estoy en un gran peligro.

DOR. Hable usted, señor don Juan.

JUAN. Á eso voy, Doña Dorotea; usted tiene un estanco... no me lo niegue usted.

DOR. Qué he de negar, hombre de Dios? Pues no acaba usted de entrar por él?

JUAN. En efecto; por más señas, que ese imbécil de Antonio, su dependiente de usted, me cerraba el paso y he tenido que saltar por encima del mostrador.

DOR. Qué locura!

JUAN. Sí señora, por poco me rompo una pierna. Pero no divaguemos. Usted tiene un estanco, Doña Dorotea.

DOR. Sí señor, y qué?

JUAN. En ese estanco hay un buzon para echar las cartas?

DOR. En feecto.

JUAN. Pues bien, ese buzon contiene una carta mia, es preciso sacarla.

CARMEN. (Qué idea!)

DOR. Sacarla!... pero eso es imposible.

JUAN. Imposible! Usted no sabe que va en ello la vida de todos, la mia, la de él, la de ella!...

CARMEN. (Qué está diciendo?)

DOR. La de ella? Hay mujer de por medio?

JUAN. Sí, una mujer, una mujer á quien amo!

CARMEN. (Cielos!)

JUAN. Á quien he comprometido. No hay inconveniente en decírselo á usted, puesto que no sabe usted el nombre.

DOR. Bien, pero yo no veo... Si usted le ha escrito, ella recibirá la carta y asunto concluido.

JUAN. Asunto concluido! Ah! Doña Dorotea, es usted un ángel! Si no fuese más que eso, estaría yo como estoy? Y si esa carta ardiente en que le hablo de mi pasion que se desborda, y de la de ella que he adivinado... hubiera sido dirigida por equivocacion al marido?

CARMEN. (Dando un gran suspiro.) (Ah!)

JUAN. Quién ha dicho... ah!

DOR. No haga usted caso.

JUAN. Y si en lugar del billete amoroso hubiera recibido ella una carta de negocios?

CARMEN. (Dejándose caer en una silla.) (Estoy perdida!)

JUAN. (Precipitándose á la puerta del gabinete.) Se oye ruido... quién hay aquí?

DOR. (Siguiéndole.) No es nada.

JUAN. (Entrando en el gabinete.) Cielos!... Gran Dios!... desmayada!

DOR. (Entrando tambien.) Qué veo? Cármen!

JUAN. (Poniéndole la mano en la boca.) Chit! No pronuncie usted ese nombre. La infeliz lo ha oido todo, lo sabe todo!

DOR. Cómo! es ella la que...

JUAN. (Poniéndole la mano en la boca.) Silencio! Pobre ángel!... qué susto habrá tenido! (Abrazándola.) Y he sido yo mismo?... Oh! yo la he matado, soy un miserable! (La abraza otra vez.)

Dor. Pero hombre, déjela usted... así se abraza á una mujer?
Juan. Para que vuelva en sí; es un remedio infalible! Cár-
men, Cármen, tranquilícese usted, yo la salvaré! lo
juro!
Dor. Pero no ve usted que no le oye?
Juan. Es verdad, y usted me deja hablar... Corra usted á bus-
car un médico.
Dor. No, no es necesario, un poco de éter bastará; voy á
buscarlo.
Juan. Sí, vaya usted.
Dor. (Saliendo del gabinete.) Dios mio! si lo supiese su ma-
rido!

ESCENA IV.

LOS MISMOS y D. LINO.

Lino. (Entrando por la puerta del foro.) Ah! está usted aquí?
Dor. (Cielos!) (Cierra tras sí la puerta del gabinete.)
Juan. Oh!
Carmen. (Volviendo en sí.) Dónde estoy?
Juan. (Rápidamente poniéndole la mano en la boca.) Chiton!
Lino. (Adelantándose.) Mi señora Doña Dorotea, cualquiera di-
ría que mi venida no le ha hecho á usted gracia!
Carmen. (Escuchando.) Dios mio!
Juan. (Bajo.) (Es él!)
Carmen. (Levantándose.) Mi marido!
Juan. (Tapándole la boca.) Silencio!
Dor. Á mí?... no por cierto, sino que estoy así... un poco...
y es que cuando una no espera...
Lino. Es verdad, iba ya á marcharme á Carabanchel, cuando
me he acordado que tenía que escribir una carta... pa-
saba por delante del estanco de usted y me he dicho...
Doña Dorotea tendrá la bondad de darme lo necesario.
Dor. Sin duda.
Lino. Gracias! Y puesto que usted me permite... (Va á entrar
en el gabinete.)
Dor. (Deteniéndole.) No, ahí no!

LINO. Qué? Tiene usted gente?... alguna visita secreta... tal vez el mismo Torcuato su futuro de usted... eh? he dicho algo?

DOR. Tal vez.

LINO. Pobre tio!... está enamorado de usted como un trovador... mi presencia le asustaría. Vaya usted, Doña Dorotea, vaya usted á escuchar sus requiebros, no se detenga usted por mi causa... yo escribiré aquí. (Sentándose á una mesa que habrá á la izquierda.) Justamente, en esta mesa hay papel y tintero.

JUAN. (Bajo.) (Me toma por don Torcuato.)

CARMEN. Ah! si él sospechase...

JUAN. (Poniéndole la mano en la boca.) Calle usted!

DOR. Y se vuelve usted hoy mismo al pueblo?

LINO. (Escribiendo.) Sí, con Adela y con mi mujer, que estarán esperándome en casa. Aquí, para entre los dos, no quiero prolongar mi estancia en Madrid por causa de Cármen.

DOR. Pues qué?

LINO. Hace algun tiempo que está triste, preocupada... y esto me da en qué pensar.

JUAN. (Bajo á Cármen.) Será cierto, señora?

DOR. Qué puede usted temer? Es usted celoso?

LINO. Yo! como un turco! Hay que vivir prevenido! (Levantándose.) Pero ya concluí mi carta. Voy á certificarla en su estanco de usted.

DOR. El dependiente le dará á usted los sellos necesarios... (Gritando en la puerta del foro.) Antonio, sirve á este caballero. (Á LINO.) En el mismo buzon del estanco puede usted echarla. Son las dos y media y no tardarán en llevarlas, porque á las tres viene el cartero á recoger la correspondencia.

LINO. Bien está, Adios Doña Dorotea. Vaya usted, vaya usted á hacer compañía á mi tio Torcuato, que la está á usted esperando.

ESCENA V.

LOS MISMOS y TORCUATO.

TORC. (Al paño.) Está en su cuarto la señora?

LINO. Calla!... si es él!

DOR. (Y qué á tiempo llega!)

CARMEN. (Bajo á Juan.) (Álguien viene.

JUAN. (Id. á Cármen.) Es el tio.) (Estas cuatro últimas réplicas deben darse casi al mismo tiempo.)

TORC. (Entrando sin ver á Lino.) Ah! por fin la encuentro á usted, señora.

LINO. (Acercándose á él.) Usted por aquí, mi querido tio!

TORG. Hola, eres tú Lino?

LINO. (Bajo á Dorotea.) (Entónces quién es?... Se ruboriza usted?

TORC. Perdonen ustedes... estoy trastornado... Han visto ustedes á Juan?

LINO. El socio de usted?

TORC. Sí, dijo que venia al estanco de Dorotea.

JUAN (Maldito hablador!)

DOR. No... lo que es yo... no le he visto. (Juan procura calmar á Cármen, que da muestras de la mayor inquietud.)

TORC. Se ha separado de su hermano y de mí en el mayor desórden, abandonando el escritorio y dejándolo todo sin hacer.

LINO. Alguna intriga amorosa!... porqne ese mocito se las echa de Tenorio. Lleva siempre el bigote retorcido y el sombrero de medio lado... Es un loco, capaz de comprometer á cualquiera mujer.

JUAN. (Bajo á Cármen.) Eso nunca!

LINO. Hasta que encuentre un marido que le rompa el espinazo.

JUAN. (Ven á rompérmelo, anda.)

CARMEN. Caballero!

JUAN. (Que venga! Que venga!)

TORC. Eso es cuenta suya... Ahora creo que anda tras de re-

parar alguna locura! (Dorotea le hace señas para que calle.)
Ya sabes... la aventura novelesca de que hablábamos
esta mañana .. (Dorotea redobla sus señas.) Eh!... qué señas son esas?

DOR. (Sonriendo.) Yo!... yo no digo nada.

LINO. (Bajo á Dorotea.) (La encuentro á usted conmovida... Será
algun rival de ese pobre Torcuato la persona que tiene
usted ahí oculta?... Quiere usted que me lo lleve?

DOR. (Bajo á Lino.) No, no es necesario.)

TORC. Decian ustedes?...

LINO. Nada, nada... Adios, querido tio... le dejo á usted en
brazos del amor... Yo voy á franquear ahí mi carta y
echarla en el buzon. Adios, futura tia! (Infeliz! Aún
ántes de casarse le... Pobrecito!) (Va á salir acompañado
por Dorotea; Torcuato entre tanto abre la puerta del gabinete,
ve á Juan á los piés de Cármen y cierra de pronto dando un
grito.)

TORC. Ah!

DOR. (Cielos!)

LINO. (Volviéndose.) Qué?... qué es eso?

TORC. Cómo?

LINO. Ha dicho usted ah!

TORC. He dicho ah!... ah! sí... he dicho ah!... y es que estaba recordando... pues!... eso es!

LINO. Qué?

TORC. Que... el hermano de Juan... Cárlos, el futuro de Adela... me ha dado muchas expresiones para tí.

LINO. Nada más?... Vaya usted al diablo!...

TORC. Te parece poco?

LINO. Vaya, adios, tio. (Si supiera que ahí dentro!...) (Váse.)

TORC. Adios, sobrino, adios! (Si sospechase que en ese
cuarto.)

LINO. (Pobrecillo.)

TORC. (Desdichado!)

ESCENA VI.

DOROTEA, TORCUATO, JUAN, CÁRMEN.

DOR. (Apoyándose en la puerta.) Gracias á Dios!... no tengo una gota de sangre en las venas!

JUAN. (Á Cármen.) Se fué!

CARMEN. Respiro!

TORC. (Dando la espalda á la puerta del gabinete.) Lo que es el tener talento?

JUAN. (Abriendo la puerta del gabinete.) No volverá?

TORC. y DOR. (Dando un grito.) Ah! (Juan cierra la puerta y vuelve á abrirla despues de un momento de silencio.)

TORC. Dios del cielo!... qué miedo me han dado ustedes! Crei que era él!

DOR. (Mirando por la puerta del foro.) No... ya se ha marchado.

JUAN. (Haciendo salir del gabinete á Cármen que se apresura á colocarse junto á Dorotea.) Nada tiene usted que temer.

TORC. (Severamente.) Señora sobrina, me explicará usted cómo es que ese jóven... no encuentro la palabra... se hallaba encerrado con usted?... Eso es inmoral!

DOR. Bah! no estaba yo aquí?

TORC. Pues por eso es inmoral.

CARMEN. Ah! querido tio... estoy perdida... Si mi marido recibe esa carta, es capaz de matarme.

TORC. Pero qué carta es esa?

JUAN. La de esta mañana! (Bajando la voz.) La que le he leido á usted...

TORC. Ah!... conque aquella era esta?... y aquel bucéfalo era... el otro?...

CARMEN. Oh! Crea usted, tio... que yo no he dado motivo...

JUAN. Es verdad... pero vaya usted á decir á ese monstruo, que su mujer es inocente.

TORC. Es claro... no querrá creerlo! (Viendo su sombrero, que lleva puesto Juan.) Calla!... mi sombrero!

(Dándosele.) Es de usted?... por eso se me metía hasta el cogote.

CARMEN. Doña Dorotoa, aconséjeme usted... qué debo hacer?

DOR. (Á Torcuato.) Asonséjenos usted, amigo mio, denos usted una idea...

TORC. Una idea!... no la tengo... no acostumbro á tenerlas, es decir, hoy... No sé lo que me pasa!
Yo tengo una magnífica, doña Dorotea, mande usted que abran el buzon del estanco, y que me traigan todas las cartas.

DOR. Las cartas?

JUAN. Sí señora, las cartas!... Necesito verlas, necesito tocarlas... necesito recobrar la mia.

DOR. Imposible, caballero!

JUAN. Imposible?... son las seis ménos cuarto, el cartero debe venir de un momento á otro á recoger la correspondencia... Pronto, pronto, doña Dorotea!... las cartas!

DOR. No las tendrá usted!

JUAN. Que no las tendré?... Rayos y truenos!—Mire usted, doña Dorotea, no riñamos... no trato de hacer á usted violencia... Pero devuélvame usted mi carta, ó no respondo de nada!

DOR. Ay!... este hombre me da miedo... deténganle ustedes!

CARMEN. Por Dios, Juan... Cálmese usted...

UAN. No me diga usted nada, señora... mi cabeza se extravía!... estoy loco!... Esa carta!... la necesito á toda costa!... (Á Dorotea.) La buscaremos juntos!... Es cosa fácil... el nombre, mi letra... Oh! quiere usted que se lo pida de rodillas?

CARMEN. (Suplicando.) Doña Dorotea!

TORC. Mi buena amiga!

JUAN. Consienta usted!

CARMEN. Quién ha de saberlo?

TORC. Nadie!

JUAN. Y cuando las cosas no se saben... no se pueden saber.

DOR. Digo que no, ea!

JUAN. Bah!... (Llamando.) Antonio!

DOR. No llame usted!

JUAN. (Se precipita sobre un cordon de campanilla que hay junto á la puerta del gabinete y llama fuertemente.) Ya está hecho!...

ANT. (En la puerta del foro.) Llamaban ustedes?

JUAN. Sí, descuelgue usted el buzon de las cartas y tráigale usted. (Antonio desaparece.)

DOR. Antonio!... se lo pro...

JUAN. (Poniéndole la mano en la boca y abrazándole.) Ah! usted me da la vida... Permítame usted que con mi alegría...

DOR. (Procurando desasirse.) Caballero!

TORC. Eh!... manos quedas!... Así se abraza una mujer?

JUAN. Para darla las gracias... es el medio más expresivo!

TORC. Pues busca otro! Ese no me conviene!
(Entrando con el buzon y dejándole encima de la mesa.) Aquí está! (Váse por el foro.)

JUAN. (Precipitándose sobre el buzon.) Ah!... por fin!

DOR. (Precipitándose tambien.) Que va usted á hacer?

JUAN. (Sacando del bolsillo un cortaplumas.) Saltar la cerradura! (Lo hace.)

DOR. Dios mio!

JUAN. No tenga usted cuidado!... Ya está abierto! (El cajon se abre en efecto, y Juan saca de él una porcion de cartas.)

DOR. Por Dios, don Torcuato, póngase usted de centinela á la puerta!

JUAN. Sí, sí, vaya usted á la puerta!

TORC. Yo!... pues me gusta! (Dorotea y Juan le empujan.) Allá voy, allá voy!

CARMEN. (Sin moverse de la mesa.) Oh! dése usted prisa, yo no puedo irme con esta inquietud mortal.

DOR. Los sobres! nada más que los sobres!

JUAN. (Cogiendo una carta.) Ah! mi letra! aquí está!

DOR. Caballero, no la abra usted. (Trata de quitarle la carta.)

JUAN. Pero si es la mia! (Abre la carta.) Y si no, oiga usted. (Leyendo.) «Adorrado Manuel mio: vente hoy á comer »conmijo, tendremos langosta.»

CARMEN. Cómo?

JUAN. Esta langosta no me la he comido yo!
DOR. (Quitándole la carta.) Qué imprudencia!
JUAN. Me he equivocado! Este es otro marisco!
DOR. Lo ve usted?
TORC. (Acercándose á ellos.) Mira bien los sobres.
DOR. (A Torcuato, empujándole hácia la puerta del foro.) Á la puerta!
TORC. Ya voy. (Dorotea vuelve á la mesa. Juan coge otras cartas.)
DOR. No toque usted más!
JUAN. (Recorriendo los sobres.) «Señorita Doña Paz Guerra.» No es esta! «Señor don Mamerto Cecina.» Algun gastróno-mo! «Señora, Doña... Señor don...» Ah! «Señor don »Lino Guerrero!» Aquí está! (Se adelanta al proscenio.)
CARMEN. Gracias á Dios!
TORC. (Desde la puerta del foro.) Ha parecido?
JUAN. Bien sabía yo que la encontraría. Ah! déjenme ustedes respirar!
DOR. (Oponiéndose á que rompa el sobre.) No la abra usted!
JUAN. Si es la mia! (Abriéndola.) Cuando le digo á usted que... (Leyendo.) «Adjunta es una letra de quinientas pesetas.»
DOR. Una carta con valores!
JUAN. (Leyendo.) «Importe de los bollos que se ha servido us-»ted remitirme...»
CARMEN. Señor don Juan...
JUAN. Cáspita! dos mil reales de bollos!
DOR. Eso es horrible!
Horribles... los bollos!... No por cierto; á mí me gus-tan mucho.
CARMEN. Pero ahí debe haber un error; vuelva usted á leer el sobre
JUAN. (Haciéndolo.) Tiene usted razon. «Señor don Lino Ga-mero.» (Tirando con rabia la carta que recoge Doña Doro-tea.) Gamero! Gamero! Yo hubiera jurado que decía Guerrero!
DOR. Es preciso volver á cerrarla. (Lo hace.)
CARMEN. Oh! la carta de usted habrá salido ya para su destino.
TORC. (Adelantándose al proscenio.) Ha parecido?

Dor.   Á la puerta!

Juan.   (Torcuato se dirige al foro. Los demas personajes vuelven á la mesa.) Debe estar aquí!... De fijo! Yo la encontraré! (Se pone á registrar en el monton de las cartas.)

Dor.   Pues ya ve usted que no está! No será de esta saca; la habrán echado al buzon ántes de las doce.

Juan.   Es posible.

Dor.   Entónces se la han llevado á esa hora y está ya en la administracion de Correos.

Torc.   (Adelantándose un poco.) Es probable!

Carmen. La tendrá mi marido!

Juan.   No, no puede ser. (Va á coger una carta.) Sigamos el registro.

Dor.   (Deteniéndole.) Se lo prohibo á usted!

Juan.'   (Rechazándola.) Déjeme usted en paz!

Torc.   (Colocándose entre los dos.) Poco á poco! Está usted faltando á esta señora!

Juan.   Á la puerta!

Carmen. Por Dios, tio! (Torcuato se vuelve á la puerta del foro.)

Torc.   Que vienen!

Todos.   ¡Ah!

Juan.   No deje usted entrar.

Torc.   Es Antonio! ¡No asustarse!

Dor.   Que entre. (Se pone á meter las cartas en el buzon.)

Ant.   (Desde la puerta del foro.) Señora, el cartero acaba de pasar por la puerta del estanco y dice que volverá dentro de un momento por la correspondencia.

Dor.   Bien, bien! (Yo estoy muerta!)

Juan.   (Á Antonio.) El cartero!... Andan por ahí los carteros?

Ant.   Sí señor, están repartiendo las cartas del interior que han recogido á las doce.

Juan.   Ah!... qué idea!

Carmen. Qué es ello?

Juan.   Vuelvo! (Váse corriendo por la puerta del foro, y al salir tropieza con Antonio.)

Ant.   Ay! me ha deshecho un pie!

Dor.   (Que ha concluido de meter las cartas en el buzon, entregándosele á Antonio.) No haga usted caso, tome usted el buzon y vuelva usted á ponerlo en su sitio. Que nadie sepa nada! cuidado!

ANT. (Tomando el buzon y desapareciendo en el estanco.) Bien está, señora.

DOR. Respiro!

ESCENA VII.

DOROTEA, TORCUATO, CÁRMEN y CÁRLOS.

CÁRLOS. (Entrando por el foro.) Á dónde va mi hermano tan desaforado?

TORC. Su hermano de usted? Valiente belitre! Usted no sabe?..-

CARMEN. Por Dios, tio... no diga usted nada.

CÁRLOS. Doña Cármen! me alegro de encontrar á usted. Acabo de separarme de su marido, y está furioso.

CARMEN. Dios mio! y por qué?

CÁRLOS. Porque ha ido á buscar á usted y no la ha encontrado. —Dónde estará?—Exclamaba lleno de cólera.—Le han dicho que había usted venido á casa de Doña Dorotea; pero él replicaba cada vez más colérico:—Entónce. se oculta, porque yo no la he visto y acabo de salir de allí!—

CARMEN. Gran Dios!

TORC. Pues si da en esa sospecha, vamos á estar divertidos!

CARMEN. Oh! que no sepa que he venido. Si llegase á adivinar...

CÁRLOS. Qué?

CARMEN. Yo me marcho, ya encontraré algun pretexto en el camino para justificar mi tardanza. Adios, doña Dorotea. Cárlos, diga usted á su hermano que le perdono pero que á él le toca salvarme.

CÁRLOS. Salvar á usted!

TORC. (Desde la puerta del foro.) Sobrina!... tu marido! Aquí está!

DOR. Venga usted! Ocúltese usted en esta alcoba. (Á la derecha. Dorotea la encierra en el cuarto.)

CÁRLOS. (Á Torcuato.) Pero qué significa esto?

TORC.   Que su hermano de usted es un belitre!

ESCENA VIII.

DOROTEA, CÁRLOS, TORCUATO y LINO.

LINO.   (Entrando por el foro y aparentando frialdad.) Hola!... Hola! cuánta gente!

DOR.   (Esforzándose por sonreir.) Don Lino! Yo creía que se había usted marchado á Carabanchel!

TORC.   (Lo mismo.) Hombre, yo creía que te habías marchado á Carabanchel.

LINO.   (Observando á su alrededor.) No. Hubo un pequeño obstáculo de que ya les habrá informado á ustedes Cárlos.

CARLOS.   (Con emocion.) Yo!... no, no he tenido tiempo... acabo de llegar ahora mismo.

TORC.   Sí, no ha tenido tiempo... acaba de llegar ahora mismo.

LINO.   Ese obstáculo... es que mi mujer se ha perdido.

DOR.   (Con risa forzada.) Já!... já!... já!... Vaya un chasco!

LINO.   (Observándolos siempre.) Ha visto usted?... Já, já. Pues me dijeron que debía estar en su casa de usted.

DOR.   (Con aplomo.) En mi casa?... Sí, en efecto... pero se marchó hace mucho tiempo.

TORC.   (Lo mismo.) Hace mucho tiempo.

CARLOS.   Sin duda se habrá detenido en el camino para hacer algunas compras.

LINO.   Usted cree?... Pues al pasar por el estanco me dijo Antonio que había aquí... con ustedes... una señora... y he pensado si sería la persona que cuando vine ántes estaba oculta en aquel gabinete.

DOR.   (En tono de confianza.) Vaya!... habrá que decírselo á usted todo... era mi costurera que venía á probarme algunas prendas de ropa interior. Ya comprende usted que hay ciertos detalles...

TORC.   (Lo mismo.) Sí, ya comprendes que hay ciertos detalles...

LINO.   De modo que... no era mi mujer?

DOR.   La mujer de usted?... (Riendo.) Já!... já!... já!... y para qué había de ocultarse?

TORC. (Lo mismo.) Já!... já!... já!... y para qué había de?...
(Todos rien.)

ESCENA IX.

LOS MISMOS y JUAN.

JUAN. (Entrando por el foro.) Vengo de recorrer toda la calle de
Jacometrezo y no he podido dar con el cartero. (Cárlos
le tira del brazo.) Eh!... (Torcuato hace lo mismo.) Qué?...
(Viendo á Lino.) Ah!

LINO. Hola! Juanito!

JUAN. Caballero... no esperaba... seguramente... (Pero y
ella?... y ella?)

LINO. Qué diablos decía usted de mi calle?

JUAN. De su calle de usted?... Yo he hablado de su calle de
usted?

DOR. Yo no he oido...

TORC. Ni yo.

CARLOS. Ni yo.

JUAN. (Distraido.) Ni yo!

LINO. Ha dicho usted: «He recorrido toda la calle de Jacometrezo y no he podido dar con el cartero.»

JUAN. Yo?... yo he dicho?... Ah! sí... es verdad... buscaba á
un *carretero*... (Á Torcuato haciéndole señas.) Ya sabe
usted...

TORC. Sí, en efecto, un *carretero* que...

LINO. Y por eso está usted tan turbado?

TORC. Mi sobrina te esperará quizá en su casa.

LINO. Voy otra vez... Así como así puede ser que en mi au-
sencia me hayan llevado mis cartas y me las guarde el
portero.

TORC. y DOR. (Ah!) (Dorotea se dirige al gabinete.)

JUAN. (Sus cartas!)

LINO. Adios, pues! Si ustedes quieren algo para Carabanchel...

DOR. (En el gabinete dejándose caer en un sillon.) No puedo más.

TORC. (Á media voz junto á Cárlos.) (Si llega á caer en sus manos esa carta!...)

CARLOS. (Lo mismo á Torcuato.) Qué carta?

JUAN. (Dándose una palmada en la frente.) Ya la cogí!

LINO. (Volviéndose.) El.!... qué dice usted?

JUAN. Nada, nada... es que le llama á usted doña Dorotea.

LINO. Á mí?... (Se dirige al gabinete.)

CARLOS. (Á media voz.) Tienen todos ustedes un aspecto... ·

LINO. (Entrando en el gabinete y dirigiéndose á Dorotea.) Qué quiere usted, señora? Hable usted pronto, porque estoy muy de prisa.

JUAN. (Precipitándose á la puerta del gabinete y echando el pestillo.) Ajá!

TORC. (En voz baja.) Qué hace usted?

JUAN. Meter al tigre en la jaula.

CÁRLOS. Estás loco?

LINO. (Queriendo abrir la puerta.) Qué es esto?... Me encierran ustedes?

TORC. Con mi futura?—No, hijo! Eso no!

DOR. (Comprendo, comprendo.) (Riendo.) Já! já! já!

JUAN. (Bajo á Torcuato y Cárlos.) Deténganle ustedes!... yo llegaré á su casa ántes que él!... Mi sombrero!

LINO. Basta de bromas!

CARLOS. Yo abriré! (Va á abrir.)

JUAN. (Deteniéndole.) Qué vas á hacer?

CARLOS. Déjame!... es mi futuro suegro!

JUAN. Desgraciado!... Es el marido á quien he dirigido por error la carta escrita para su mujer!

CARLOS. Gran Dios!

JUAN. Mi sombrero! (Tomando el de Torcuato.) Ah! (Echa á correr por el foro.)

TORC. Hombre, que es el mio! (Corre tras él.)

LINO. (Golpeando la puerta.) Abren ustedes; con mil demonios?

CARLOS. Adios mi casamiento!

LINO. Abrir ó echo abajo la puerta!

DOR. Poco á poco!

LINO. Ustedes se han burlado de mí y los voy á hacer harina!

TORC. ¡Caracoles! (Echa á correr.)

CARLOS. (Deteniéndole.) ¡No se marche usted. Eso es confesarse

	culpable!
Torc.	¡Pero lo otro es recibir una tunda!
Lino.	Nadie abre, eh?—Pues descargaré mi furia sobre esta señora.
Dor.	¡No sea usted bárbaro!
Torc.	¡Canario! Eso no! (Abre.)
Lino.	(Saliendo) ¡Pronto! Dónde está mi mujer? Qué pasa aquí? Hablen ustedes.
Dor.	¡Pero hombre, si no pasa nada!
Lino.	Miren ustedes que estoy más cargado que una pila de Volta.
Torc.	No dispares!
Dor.	(Lo importante es que se marche.) Don Lino! Le aseguro á usted que Cármen está aguardándole impaciente!—Vaya usted á su casa.
Torc.	Cabal! Eso es lo que debes hacer.
Lino.	Oigan ustedes. Que aquí existe un misterio, es indudable! Que yo soy víctima de alguna odiosa intriga, es segurísimo.—Pues bien.—Vuelvo á mi casa; pero si no hallo á mi mujer... (Cogiendo de un brazo á Torcuato y á Cárlos y zarandeándoles como si fuesen dos muñecos.) volveré aquí á pedir á ustedes cuenta estrecha de su conducta No olviden la advertencia. Adios! (Váse corriendo.)

ESCENA X.

DICHOS, ménos D. LINO, luégo CARMEN.

Torc.	Pues si esto no es más que una advertencia, ¿cómo será el capítulo primero?
Dor.	Pronto! Es preciso que Cármen se marche en seguida.
Carlos.	Ah! Pero está aquí?
Dor.	(Yendo al cuarto primero derecha.) ¡Carmencita! Salga usted pronto! Cármen! Cármen!... ¿Qué le habrá pasado? (Entra y vuelve á salir á poco.)
Torc.	Y bien?
Dor.	Jesús! Le ha dado un ataque de nervios!
Torc.	Esta es otra!

CARLOS. Á ver, á ver! (Entran y vuelven á salir sosteniendo á Cármen.)

DOR. Cármen, vuelva usted en sí.

TORC. Agua y vinagre! Vaya usted corriendo.

DOR. En seguida! (Váse.)

CARLOS. ¿En qué laberinto nos ha metido ese condenado!

ADELA. (Dentro.) Cármen, Cármen!

TORC. Quién llama?

CARLOS. Es la voz de Adela!

ESCENA XI.

DICHOS, ADELA.

ADELA. Ah! Gracias á Dios! Hace media hora que les busco á ustedes... Pero qué veo? Cármen desmayada! Qué ocurre! ¡Ay, yo me siento mal!

TORC. Por la Vírgen santa, no se desmaye usted tambien!

ADELA. Han visto ustedes á Lino?

TORC. Sí! Hace un rato.

ADELA. Salió de casa furioso! Yo no he podido contener mi impaciencia, y eché á correr en busca de mi hermana.

CARLOS. Creo que vuelve.

CARMEN. Ah!

TORC. Cármen!

CARLOS. Vamos! Eso no es nada!

TORC. Qué tal? Se va pasando?

CARMEN. Sí! Me siento mejor!

ADELA. Entónces, vámonos á casa.

TORC. ·Al momento! Es preciso que tu esposo te encuentre allí.

CARMEN. Dice usted bien! vamos!

TODOS. Vamos!

ESCENA XII.

DICHOS, JUAN, luégo DOROTEA.

JUAN. (Con el traje en desórden y muy agitado.) ¡Uf!

Todos.	Juan.
Juan.	¡Estoy reventado! (Se sienta.)
Dor.	(Con un vaso.) Aquí está el agua.
Juan.	(Bebiendo.) ¡Gracias!
Dor.	Calla! Ahora es usted el enfermo?
Carmen.	Hay alguna novedad?
Juan.	Sí señora!
Todos.	Hable usted...
Juan.	Pues nada, que me acaban de dar la gran paliza!
Dor.	Eso es lo de ménos.
Juan.	Le doy á usted las gracias, señora, por el interés que me demuestra.
Dor.	Pero cómo ha sido?
Juan.	Cómo? Levantando el brazo y sacudiendo!
Dor.	No pregunto eso.
Juan.	Pues bien.—Con dos palabras... Llegué á la casa de usted, y el portero tenía en la mano toda la correspondencia de Lino. ¡Me salvé! Dije, yo creyendo hacerme dueño de la maldita carta.—¡Que si quieres! Aquel gallego no admitió dádivas ni promesas.—Entónces, quise rescatar el cuerpo del delito por medio de la fuerza. —Le sacudí un cachete por vía de aviso, de primer órden, pero ¡ay! Él me arrimó en justa correspondencia tres puñetazos superlativos, y seis puntapiés que me volvieron loco.—Salí... despedido como una bomba, cayendo sobre la narices de una señora que por allí pasaba, la cual, creyó sin duda que se le venía encima la casa, á juzgar por sus ayes y alaridos; yo seguí en linea recta, impulsado por el último puntapié, y despues de atropellar á varios ciudadanos, aplastar á un perro, y derribar el puesto ambulante de una merenguera; pude penetrar hasta aquí corrido, molido, desesperado y sin la carta.
Carmen.	¡Dios mio!
Torc.	Y el caso es que Lino ya la tendrá en su poder.
Juan.	¿De veras?
Carlos.	Probablemente.

JUAN. (Á Cármen.) Le propongo á usted una fuga preventiva.

CARMEN. Eh?

JUAN. Vámonos á cualquier parte. Busquemos un país lejano; en donde no haya esposos ni gallegos.

CARMEN. ¡Oh, caballero! Su temeridad de usted va á perderme.

ADELA. Qué dices?

JUAN. (Á Adela.) Usted no sabe nada! Usted no adivina nada! Cuán dichosa es usted!

CAR. (Que ha estado en el fondo.) Aquí está Lino.

JUAN. ¡Cuerno!

TORC. Vendrá furioso!

CARMEN. Qué hacemos?

DOR. Al gabinete! Desde ahí podemos observar un momento.

JUAN. De prisa! De prisa! (Todos entran en el gabinete, y cierran la puerta; Juan queda mirando por la cerradura. Los demás escalonados unos detrás de otros.)

ESCENA XIII.

DICHOS, LINO.

Sale de prisa; mira á todos lados, se acerca á la puerta del gabinete y empuja. Luégo mira por la cerradura, pero Juan la ha tapado con su sombrero. Despues coge Lino una silla; la coloca con fuerza en el suelo, lo cual hace estremecer á todos los personajes que están en el gabinete. En seguida saca varias cartas, y empieza á leerlas, Juan vuelve á mirar por la cerradura.

CARMEN. Qué hace?

JUAN. Ha abierto una carta.

TORC. Si será esa..

JUAN. No. La dobla tranquilamente. Se ha puesto á leer otra carta. Frunce el entrecejo.

TODOS. Esa es!

CARLOS. Hermano mio! Huye! Escapa.

JUAN. Tampoco es esa! La arruga y se la mete en el bolsillo. Ahora va á leer la última.

CARMEN. ¡Dios mio!

JUAN. (Yendo al foro.) Un agujero! Una puerta! Doy cuanto

tengo por una puerta.

TORC. (Mirando por la cerradura.) Tiene el rostro descompuesto.

JUAN. (Sacando varios papeles de la cartera.) Doña Dorotea, echemos abajo un tabique! Tome usted mi fortuna, todo cuanto poseo! Estos diez mil reales.

TORC. ¡No! Que son mios.

JUAN. Pues por eso. (Fijándose en una carta.) Eh? (La lee.) ¡Cielos! Es posible? (Abrazando á unos y otros.) Don Torcuato? Hermano mio! Cármen idolatrada!

TORC. Se ha vuelto loco.

JUAN. Aquí está! Rian ustedes, ya no hay miedo, estaba en m cartera! Lararán lararán. (Bailando.)

LINO. (Que leyendo la última carta se ha ido poniendo muy alegre, y acaba por bailar.) Lararán lararán!

CARMEN. ¡Maldita cabeza!

JUAN. Abran ustedes, abran ustedes y ríanse todos!

DOR. Para qué?

JUAN. Ríanse ustedes. (Abre la puerta.) Já, já, já, já, (Señalando á Lino.)

TODOS. Já, já, já.

LINO. ¡Calle! Qué veo?

JUAN. Pobre don Lino! Qué susto le hemos dado!

LINO. Á mí?

JUAN. ¡Á usted! Ríanse ustedes. Buscando á su mujer, y... já, já, já! Ríanse ustedes.

TODOS. Já, já, já.

LINO. Ah! Comprendo! Ustedes querían detener al paso la famosa carta. (Todos quedan muy serios.)

JUAN. (Temblando.) Qué carta?

LINO. Esta! (Mostrando la suya.) Soy yo tonto?

JUAN. Esa? (Si le habré mandado una copia.)

LINO. Confiésenlo ustedes.

CARMEN. Eso es! (Que querrá decir.)

LINO. Tú tambien entrabas en la trama?

CARLOS. Cabal. (No entiendo.)

LINO. Gracias, gracias. Es el secretario del ministro, mira! me envía la cruz de Cárlos tercero.

JUAN.	Ah! Ya! Lo crucifican á usted, cuanto me alegro!
LINO.	Buen susto me.han dado ustedes.
JUAN.	(Rompiendo su carta y dándola á Torcuato.) Don Torcuato, cómase usted eso; por favor!
TORC.	Eh?
LINO.	Y ahora les convido á comer. Cárlos, si Adela consiente apresuraremos la boda.
ADELA.	Por mi parte...
JUAN.	Sí, á comer, á comer todo el mundo.
TORC.	Usted no puede acompañarnos.
JUAN.	Por qué?
TORC.	Porque tiene usted que ir á despachar el correo, (Ap.) y porque no permito nuevos líos.
JUAN.	Dice usted bien! Ya que he salido de una sufriré el castigo de mis culpas.
LINO.	Y despues á Carabanchel.
JUAN.	(Al público.)

Por este arreglo sin pretensiones
yo te suplico que me perdones.
¿Ay! No castígues con tu rigor
al desgraciado y humilde autor.

FIN.

NOTA. Esta obra debe anunciarse en los carteles del del mismo modo que va impreso su título en los ejemplares.

Milton Keynes UK
Ingram Content Group UK Ltd.
UKHW022133290424
441966UK00003B/76

9 783368 052478